AF324899

CATALOGUE

D'UN CHOIX

DE

LIVRES PRÉCIEUX

ANCIENS ET MODERNES

PROVENANT

DES BIBLIOTHÈQUES DE MM. L*** ET G***

RELIÉS PAR TRAUTZ-BAUZONNET, DURU, CAPÉ ET LORTIC

DONT LA VENTE AURA LIEU

Le lundi 27 décembre 1875, à deux heures précises

Hôtel des commissaires-priseurs, rue Drouot

SALLE N° 3, AU PREMIER

Par le ministère de M⁰ MAURICE DELESTRE, commissaire-priseur,

successeur de M⁰ DELBERGUE-CORMONT, rue Drouot, 23.

Exposition le dimanche 26 décembre, de 2 à 4 h.

PARIS

ADOLPHE LABITTE

LIBRAIRE DE LA BIBLIOTHÈQUE NATIONALE

4, rue de Lille, 4

—

1875

Paris. — Imprimerie de Georges Chamerot, rue des Saints-Pères, 19.

CATALOGUE

D'UN CHOIX

DE

LIVRES PRÉCIEUX

ANCIENS ET MODERNES

PROVENANT DES

BIBLIOTHÈQUES DE MM. D*** ET L***

THÉOLOGIE.

1. Histoire du Nouveau-Testament, enrichie d'un grand nombre de figures en taille-douce. *Amsterdam, chez Pierre Mortier, libraire,* 1700, 2 vol. in-fol. v. fauve antiq. fil. tr. dor. (*Anc. rel.*)

Exemplaire en grand papier, figures de Bernard Picart, épreuves avant les clous.

2. LES SAINTS EVANGILES, traduction de Bossuet, publiée par M. Wallon, enrichie de 128 illustrations par Bida. *Paris, Hachette,* 1873, 2 vol. in-fol. mar. rouge, dos et plats à comp. fil. dent. int. tr. dor.

Très-bel exemplaire dans deux étuis.

3. Les Évangiles des dimanches et fêtes de l'année. *Paris, L. Curmer,* 1864, 2 vol. in-4, mar. rouge, fil. à mosaïque à comp. doublé de satin moiré vert, avec dent. int. tr. dor.

4. Vie de Jésus-Christ, composée au xv° siècle d'après Ludolphe le Chartreux, texte rapproché du

français moderne par A. Lecoy de La Marche, miniatures en camaïeu chromolithographiées d'après
le manuscrit original par G. Hurtrel. *Paris, Georges Hurtrel*, 1870, in-4, maroq. br. jans. dent.
int. tr. dor. dans un étui.

5. L'Imitation de Jésus-Christ, traduite et paraphra-
sée en vers françois par P. Corneille. *Imprimé à
Rouen, par L. Maurry, pour Robert Ballard, à Paris,* 1656, in-4, fig. mar. r. fil. à comp. tr. dor.
(*Capé.*)

Bel exemplaire de l'édition originale.

6. LA VIE DES SAINTS, illustrée et chromolithogra-
phiée d'après les anciens manuscrits de tous les
siècles, publiée par F. Kellerhoven, texte par
M. Henry de Riancey. *Paris, F. Kellerhoven, s. d.,*
in-4, maroq. br. jans. dent. int. tr. dor. (*Chromolithographies.*)

7. S. Aur. Augustini, Hipponensis episcopi, in libros
de Civitate Dei. *Venetiis, Oct. Scoti,* 1489, in-fol.
goth. mar. est. tr. dor. et ciselée, ferm. cuiv. (*Rel.
du temps.*)

Très-bel exemplaire, grand de marges. Lettres capitales peintes en miniatures. (Voir *Spencer, VII, N° 200.*)

8. HEURES DU QUINZIÈME SIÈCLE. Manuscrit in-8,
velours, r. tr. d.

Beau manuscrit sur vélin, avec 18 miniatures d'une belle exécution.

9. PRECES PIÆ. Petit in-8, mar. br., riches comp. à
la fanfare, fil. tr. dor., dans un étui de mar. br.
(*Capé.*)

MANUSCRIT de la fin du quinzième siècle, sur vélin. Il est orné de 18 grandes miniatures et 12 petites. Chaque page est ornée de bordures représen-
tant des fleurs, des fruits, des oiseaux, etc.

10. HORÆ DIVÆ VIRGINIS MARIÆ secundum verum
usum Romanum cum aliis multis folio sequente
notatis, una cum figuris Apocalypsis post figuras
Biblie recenter insertis. *S. l. n. d. (marque de
Thielman Kerver sur le titre),* in-8, lettres rondes,

fig. et encadr. sur bois, initiales en or et couleurs,
mar. br. jans. tr. dor. (*Capé.*)

Exemplaire sur vélin, parfaitement conservé, d'un livre d'heures fort remarquable, avec les plus jolis encadrements de Kerver. Calendrier de 1497 à
1515. Il ne contient pas toutes les oraisons qu'indique la table, bien qu'il
paraisse complet.

11. Horæ deiparæ virginis Mariæ secundum usum
Romanum, plerisque figuris atque chorea lethi cir-
cummanente novisque effigiebus adornate ut in
septem psalmis penitentialibus. (In fine :) *Exarate
quidem Parisiis arte industrii bibliographi Thiel-
mani Kerver. Anno Domini mil cccccxx.x.riiij men-
sis novembris* (almanach pour vingt ans, de 1519
à 1538), in-8, en caractère romain, rouge et noir,
mar. br., riches compartiments de mar. r. citr. et
noir, doublé de mar. olive, riche dor. à la fanfare,
fil. tr. dor. et ciselée. (*Brany.*)

Exemplaire imprimé sur PEAU DE VÉLIN. — Ce livre d'heures est orné de
47 gravures sur bois, de la grandeur des pages. On remarque autour de
chacune d'elles des bordures avec arabesques et dessins variés. Superbe volume de la plus parfaite conservation.

12. Livre d'heures d'Anne de Bretagne, avec notices par l'abbé Delaunay. *Paris, Curmer*, 1861,
2 vol. gr. in-4, maroq. rouge, tr. dor. Figures et
ornements en couleurs.

Très-belle publication entièrement épuisée.

13. OEuvre de Jehan Foucquet. Heures de Maistre
Ant. Chevalier. *Paris, Curmer*, 1866, 2 vol. in-4,
figures et ornements en couleurs, mar. r. tr. dor.

14. Robertus de Litio. Opus quadragesimale de pe-
nitentia feliciter incipit. (A la fin :) *Per Ulricum
Zell de Hanaw artis impressorie magistrum Colo-
nie impressum* M.CCCC.LXIIJ, in-fol. goth. à 2 vol.
mar. r. fil. tr. dor. (*Niedrée.*)

Imitation des reliures du XVIᵉ siècle. Cet ouvrage est remarquable, parce
qu'il porte le nom d'Ulric Zell, imprimeur qui ne s'est nommé que dans
deux ou trois de ses nombreuses impressions. Très-bel exemplaire. Le premier et le dernier feuillet ont quelques restaurations.

15. Oraison funèbre de très-haut et très-puissant
prince Louis de Bourbon, prince de Condé, pro-

noncée à Paris, en l'église des Pères de la Compagnie de Jésus, par le P. Bourdaloue. *Paris, Est. Michallet*, 1687, in-4, mar. doublé de mar. bl. fil. compart. tr. dor. (*Gruel.*)

ÉDITION ORIGINALE. — Bel exemplaire.

16. Dos tratados, el primero es del papa y de su autoridad, collegida de su vida y doctrina, el segundo es de la missa : el uno y el otro recopilado de la que los doctores y concilios antiguos, y la sagrada escritura enseñan, iten, un enxambre de los faisos milagros con que Maria de la Visitacion, priora de la Anunciada de Lisboa, engaño a muy muchos : y de como fue descubierta y condenada (por Cypriano de Valera). *En casa de Ricardo del Campo*, año de 1599, in-8, mar. v. fil. tr. dor. (*Anc. rel.*)

Bel exemplaire de cet ouvrage rare.

17. Le Népotisme de Rome, ou Relation des raisons qui portent les papes à agrandir leurs neveus, du bien et du mal qu'ils ont causé à l'Eglise depuis Sixte IV jusqu'à maintenant, des difficultés que les ministres des princes trouvent à traitter avec eus, et en même temps des véritables moyens de s'en tirer, et d'où vient que les familles des papes n'ont pas pû subsister longtemps avec éclat, traduit de l'italien. *S. l. (à la Sphère)*, 1669, 2 tom. en 1 vol., pet. in-12, mar. bl. fil. tr. dor. (*Hardy-Mesnil.*)

Bel exemplaire.

18. HISTOIRE du très-célèbre monastère de Flines, ordre de Cîteaux, fondé par Margueritte (*sic*) comtesse de Flandres. *Lille, chez C.-L. Prevost*, 1732, petit in-12, mar. bl. tr. dor. (*Belz-Niedrée.*)

Bel exemplaire.

19. Visite à la Sainte-Baume et à Saint-Maximin, par le comte Gustave d'Audiffret. *Paris, Bachelin-Deflorenne*, 1868, petit in-4, mar. r. fil. tr. dor. (*Belz-Niedrée.*)

Exemplaire avec les eaux-fortes de Staal, sur chine, avant la lettre.

20. Fulgentius Placidus in mythologiis, cum scholiis Philomusi (Jac. Locheri). *Auguste Vindelicorum,* 1521, in-fol. mar. bl. tr. dor. (*Lortic.*)

Bel exemplaire, aux armes du marquis de Morante.

21. Bocace, de la Genealogie des Dieux, contenant les faulses credences des infidelles et gentilz : qui par leurs erreurs et mal fondees superstitions creoyent et oppinoyent pluralite de Dieux et ceulx qui avoyent faict aulcuns beaulx faits dignes de memoire deifioient et leur erigeoyent temples, autels et ymages. Translate en françoys. (A la fin :) *Imprime à Paris, l'an* 1531, pet. in-fol. goth. fig. sur bois, mar. v. fil. dent. tr. dor. (*Lortic.*)

Édition rare. Bel exemplaire.

JURISPRUDENCE.

---

22. Justiniani Institutiones, cum glossis. *Manuscrit,* in-fol. mar. br., fers à froids. (*Belz-Niedrée.*)

Très-précieux manuscrit du quatorzième siècle, sur vélin, contenant 327 feuillets, texte à deux colonnes, et commençant ainsi :

In noie dni viri ihesu cristi
Impator cesar flavus iustinianus....

Ce premier feuillet est encadré dans un rinceau en or et en couleur, au haut duquel se voient les Armes de France, et chaque page est entourée de gloses.

Ce très-important manuscrit est orné de 25 miniatures. Elles sont fort remarquables par la régularité de leur dessin et les fonds quadrillés et à mosaïques de chacune d'elles. Les sujets qu'elles représentent se rapportent à différents chapitres du livre; ces miniatures sont encore très-intéressantes au point de vue des costumes dont les personnages sont revêtus : costumes religieux, civils ou militaires du quatorzième siècle.

A part trois d'entre elles qui ont un peu souffert et qu'on peut du reste retoucher très-facilement, les autres sont de la plus parfaite conservation.

Ce qui donne encore à ce manuscrit une importance capitale, c'est que le texte et les gloses qu'il renferme paraissent avoir servi, au moins quant à

la disposition, à l'impression de la première et rarissime édition de ce livre
faite à Mayence en 1468.

En outre de ses miniatures, ce précieux volume est enrichi de milliers de
lettres ornées, fort remarquables par leur fraîcheur et leur merveilleuse exécution.

23. Ordonnances royaulx sur le faict de la justice et
abbreviation des procès par tout le royaulme de
France, faictes par le roy nostre sire, et publiées
en la court et parlement à Paris, en 1539. *Lyon,
chez Thibault Payen, s. d.*, in-4, mar. r. tr. dor.
(Belz-Niedrée.)

Bel exemplaire.

SCIENCES.

---

24. L. Annæi Senecæ philosophi et M. Annæi Senecæ
rhetoris quæ extant Opera, accessere loci communes
ex utroque Seneca facti; auctore D. Gothofredo
J. C. *Parisiis, P. Chevalier*, 1607, in-fol. mar. r.
fil. tr. dor.

Bel exemplaire, aux armes du COMTE D'HOYM.

25. De Rege et regis institutione libri III, auctore
J. Mariana. *Toleti, apud Petrum Rodericum.*
1599, in-4, mar. v. fil. tr. dor. *(Padeloup.)*

Exemplaire de Girardot de Préfond.

26. PROVERBES ET DICTS SENTENTIEUX, avec l'interpré-
tation d'iceux, par Charles de Bouvelles, chanoine
de Noyon. *Paris, Sébastien Nyvelle*, 1557. — L'An-
thologie, ou Recueil de plusieurs discours nota-
bles, tirez de divers bons autheurs grecs et latins,
par Pierre Breslay. *Paris, Jean Paupy*, 1574, en
1 vol. pet. in-8, mar. rouge, fil. comp. tr. dor.
(Reliure ancienne.)

Joli volume qui réunit, sous une même reliure, deux ouvrages rares.

Exemplaire dans une jolie reliure ancienne molle ; sur le dos se trouve l'écureuil de Fouquet sommé d'une couronne royale. Il a appartenu à M. Nervet, d'une importante famille de Normandie, et à Ch. Nodier.

27. Opera bellissima del arte militar del excellentissimo poeta miser Antonio Cornazano in terza rima. (A la fin :) *Stampato in Vinexia p. maistro Christophoro da Madello. A poste del Venetabili* (sic) *Homo miser pre Piero Benalio. Adi otto nouembre de lano* 1493, in-fol. mar. br. tr. dor. (*Capé.*)

Bel exemplaire de l'édition originale.

28. Livre de l'Estat et mutation des temps, prouuant par authorites de l'Escripture saincte et par raisons astrologales la fin du monde estre prochaine (par Richard Roussat, chanoine de Langres). *Lyon, chez Guillaume Rouille, à l'Escu de Venise,* 1550, in-8, mar. bl. tr. dor. (*Trautz-Bauzonnet.*)

Bel exemplaire de ce livre rare et curieux où la révolution est prédite.

29. Les Roses peintes par J.-P. Redouté, décrites et classées selon leur ordre naturel par C.-A. Thory. Troisième édition, publiée sous la direction de M. Pérolle. *Paris, chez P. Dufart,* 1828, 3 tomes en 2 vol. in-8, mar. viol. fil à comp. Bouquet de roses mosaïque sur le dos et les plats, doublé de mar. rouge à comp. tr. dor. dans deux étuis cart. demi-rel. chagr. viol. dos à comp. (*Duplanil.*)

Exemplaire en papier vélin, avec les figures coloriées, riche reliure.

30. L'Agriculture et Maison rustique de maître Charles Estienne et Jean Liebault, docteurs en medecine, plus un bref recueil des chasses du cerf, du sanglier, du lievre, du regnard, du blereau, etc. *A Paris, chez Jacq. du Puys, libraire juré,* 1574, in-4, fig. — La Chasse du Loup, necessaire à la Maison rustique, par Jean de Clamorgan, seigneur de Saane. *A Paris, par Jaques du Puys,* 1574, *in-4, figures.* — La Venerie de

JAQUES DU FOUILLOUX, gentilhomme, seigneur dudit lieu, pays de Gastine en Poitou. *A Poitiers, par les de Marnefz et Bouchez frères* (1562), in-4, fig. et airs de musique notés.

Très-beau recueil dans sa première reliure, grand de marges.
La Vénerie de Du Fouilloux est de 1re édition de format in-4, avec figures et musique notée.

BEAUX-ARTS ET ARTS INDUSTRIELS.

31. GALERIE DU PALAIS PITTI, gravée sur cuivre par les meilleurs artistes italiens, et illustrée par une société de gens de lettres, dédiée à S. A. R. le grand-duc de Toscane. *Florence, L. Bardi*, 1842, 4 vol. in-fol. max.. dos et coins de mar. r., dos orné, tr. dor.

Magnifique exemplaire sur PAPIER VÉLIN avec les gravures AVANT LA LETTRE.

32. LA GALERIE électorale de Dusseldorff, ou Catalogue raisonné et figuré de ses tableaux, ouvrage composé par Nicolas de Pigage. *Basle*, 1778, 2 vol. in-4 obl., d.-rel. mar. br., non rog.

Bel exemplaire de cette galerie très-bien gravée.

33. ORNEMENTS DES MANUSCRITS DU VIIIe AU XVIe SIÈCLE, reproduits en couleurs par B.-Charles Mathieu. *Paris, A. Morel, éditeur*, 1867, pet. in-8 carré de 151 pages, avec un volume de texte explicatif, maroq. brun, fleurons, fil. et dent. à comp. sur les plats, doublé de moire bleue avec dent. int., tr. dor. (*Belz-Niedrée.*)

Le texte explicatif est en demi-reliure.

34. MONUMENTS ANCIENS ET MODERNES, collection formant une histoire de l'architecture des dif-

férents peuples à toutes les époques, publiée
par Jules Gailhabaud, avec la collaboration des
principaux archéologues. *Paris , Firmin-Didot
frères*, 1870, 4 vol. in-4, d.-rel. mar. r. dor. en
tête, non rog.

Bel exemplaire de cet ouvrage estimé.

35. ORNEMENTS INVENTEZ, par J. Berain. *Et se ven-
dent chez ledit autheur aux Galleries du Louvre
avec privilége du Roy*. 4o planch. en 1 vol. in-fol.
cart.

Suite en premières épreuves et grande de marges.

36. Ornement (l') polychrome. Cent planches en
couleurs, or et argent, contenant environ 2,000
motifs de tous les styles, art ancien et asiatique,
moyen âge, renaissance, XVIIe et XVIIIe siècles. Recueil historique et pratique publié sous la direction de M. A. Racinet. *Paris, F. Didot, s. d.*,
gr. in-4, dem.-rel., dos et coins de mar. r., dor.
en tête, non rog.

37. Les Appartements privés de S. M. l'Impératrice
au palais des Tuileries, décorés par M. Lefuel, pu-
bliés par Eugène Rouyer. *Paris, J. Baudry*, 1867,
in-folio, 20 planches gravées, dem.-rel., dos et
coins de mar. rouge, fleurons, tête dor., non rog.

38. London, a pilgrimage , by Gustave Doré and
Blanchard Jerrold. *London*, 1872, in-4, fig., cart.
est., tr. dor.

39. LES ARTS SOMPTUAIRES. Histoire du costume, de
l'ameublement et des arts et industries qui s'y rat-
tachent, sous la direction de Hangard-Maugé, dessins de Ciappori, introduction générale et texte
explicatif par Ch. Louandre. *Paris, Hangard-
Maugé*, 1857, 4 tomes en 3 vol. in-4, dos et coins
de mar. r., dor. en tête, non rog.

Bel exemplaire de cette magnifique publication aujourd'hui rare et très-
recherchée.

40. Degli Habiti antichi et moderni di diverse parti del mondo, da Cesare Vecellio, libri due. *In Venetia*, 1590, in-8, mar. br., compart. de couleurs, fil., dent., tr. dor.

Bel exemplaire de la première édition de cet ouvrage. — Elle renferme 420 planches.

41. Habiti antichi e moderni di tutto il mondo, de Cesare Vecellio; di nuouo accresciuti di molte figure. Vestitus antiquorum, recentiorumque totius orbis, per Sulstatium Gratilianum Senapolensem latine declarati. (A la fin :) *In Venetia appresso Gio Bernardo Sessa*, 1598, in-8, fig. sur bois, mar. r. doublé de mar. r., comp. mosaïque, tr. dor. (*Chambolle-Duru.*)

Très-bel exemplaire.

42. Portraits des Empereurs d'Allemagne. Der aller durchleuchtigisten Kayser... *Insprugg*, 1603 in-fol. dem.-rel.

Traduction allemande de l'ouvrage de Schrenck. 119 portraits en pied dans des bordures sur bois.

43. Paul Lacroix. xviiiᵉ siècle, institutions, usages et costumes, France 1700-1789, ouvrage illustré de 21 chromolithographies et de 350 gravures sur bois. *Paris, Firmin-Didot*, 1875, in-4, br.

Exemplaire en grand papier.

44. Lièvre (Édouard). Les Collections célèbres d'œuvres d'art dessinées et gravées d'après les originaux. *Paris, Goupil et Cᵉ*, 1866, pet. in-fol., demi-rel., dos et coins de mar. r., dor. en tête, non rogné.

45. Collection Sauvageot, dessinée et gravée à l'eau-forte par Édouard Lièvre, accompagnée d'un texte historique et descriptif, par A. Sauzay. *Paris*, 1863, gr. in-fol., dos et coins de mar. r., dos orné, dor. en tête, non rogn.

46. Album de reliures. Recueil de cent planches, avec notes par le bibliophile Julien. *Paris, Ba-*

chelin-Deflorenne, 1873, 2 vol. in-4, demi-rel.,
mar., n. rogn.

BELLES-LETTRES.

I. LINGUISTIQUE. — RHÉTORIQUE.

47. JOANNES GENUENSIS (Frater Ordinis Predicato-
rum) Catholicon., in-fol., bas., coins en cuivre.

Manuscrit du XVe siècle. PEAU VÉLIN. Immense dictionnaire latin. Toutes
les initiales sont en couleurs.

48. DE LINGUÆ LATINÆ Elegantia : ex de ego, mei,
tui et sui, auctore Laur. Vallâ. *Per me M. Nico-
laum Jenson, Venetiis, opus feliciter impressum
est,* 1471, pet. in-fol., mar. bleu, large dent.,
fil., tr. dor. (*Bozérian.*)

Très-bel exemplaire de cette édition rare.

49. REPERTORIUM vocabulorum equisitorum (*sic*)
oratorie poesis et historiarum cum fideli narracõe
earum rerumque ambiguitatem ex huius modi
vocabulis accipiũt. Editum a doctissimo magistro
Conrado (de Mure). *Bertoldus nitide hûc impres-
serat in Basilea,* S. A., in-fol. goth., mar. bleu,
tr. dor. (*Capé.*)

Très-bel exemplaire. Brunet, à l'article *Mure*, T. III, col. 1951, parle lon-
guement de cet ouvrage.

50. Cornucopiæ, s〈…〉 linguæ latinæ commentarii
diligentissime recogniti atque archetypo emen-
dati (per Nic. Perottum). — *Thusculani, apud
Benacum, in ædibus Alex. Paganini,* 1522, in-4,
mar. br. fil. dent. doublé de tabis, tr. dor.

51. CICERONIS DE ORATORE libri III (*absque nota*). Pet. in-fol. de 108 ff. lettres rondes à 32 lignes par page, mar. bl. fil. tr. dor. (*Belz-Niedrée.*)

Très-bel exemplaire. — Édition sans aucune indication, dit Brunet, mais exécutée avec les caractères dont VINDELIN DE SPIRE se servait à Venise en 1470 pour l'impression de la *Cité de Dieu*.

II. POÉSIE.

52. LES DIX PREMIERS LIVRES de l'Iliade d'Homère, prince des poëtes ; traduictz en vers françois par M. Hugues Salel, de la chambre du Roy, et abbé de S. Chéron. *On les vend à Paris, en la boutique de Vincent Sertenas*, 1545, in-4, grav. sur bois, mar. br. doublé de mar. r. riche dorure à la fanfare, tr. dor. (*Chambolle-Duru.*)

Bel exemplaire de ce livre rare.

53. DU REMÈDE D'AMOURS, d'Ovide, translaté nouvellement de latin en françoys. *Imprimé à Paris* (l'an 1509), *pour Antoine Verard*, in-4, goth. fig. sur bois, mar. r. coins et fleurons dorés, fil. tr. dor. (*Lortic.*)

Bel exemplaire de cette édition rare.

54. STATII SYLVARUM LIBRI QUINQUE, Thebaidos libri duodecim, Achilleidos duo. *Venetiis, in ædibus Aldi*, 1502, in-8, mar. r. tr. dor. (*Capé.*)

Bel exemplaire, bien conforme à la description de Brunet.

55. VARIA SEBASTIANI BRANT Carmina (infra tria disticha), 1498. Nihil sine causa. Olpe. (*In fine :*) Opus : *fœlici fine consûmatû Basilei opā et impensis Joannis Bergman De Olpe Kĺ Maiis anni et xcviii*, in-4 de 140 ff. en lettres rondes, fig. sur bois, v. f. fil. tr. dor.

Raccommodage aux deux premiers feuillets.

56. LE GRAND BLASON DES FAULCES AMOURS (par frère Guillaume Alexis). *S. l. n. d.*, pet. in-4, mar. r. n. rog. (*Trautz-Bauzonnet.*)

Titre refait, un coin raccommodé. Cette édition paraît avoir été imprimée à Lyon vers 1497. C'est un volume de la plus grande rareté.

57. Sensuyt le Jardin de plaisance, fleur de reto-
ricque contenant plusieurs beaulx liures, comme
le douet de noblesse baillé au roy Charles VIII.
Le chief de ioyeusete avec plusieurs aultres en
grand nombre. Imprime nouuellement à Paris. (A
la fin :) *Imprime à Paris, par la veufve de feu
Jehan Trepperel, et Jean Jeannot. S. d.*, in-4,
goth. à 2 col., fig. sur bois, mar. r. jans. tr. dor.
(*Chambolle-Duru.*)

Édition rare. — Exemplaire court de marges.

58. Jan Marot, de Caen, sur les deux heureux
voyages de Gênes et Venise, victorieusement mys
a fin par le tres chrestien Roy Loys douziesme
de ce nom, pere du peuple. Et veritablement
escriptz par iceluy Jan Marot. (A la fin :) *Acheue
dimprimer le xxii iour de Januier* 1532, *pour
Pierre Roufet,* pet. in-8, réglé, mar. r. fil. doublé
de mar. r. tr. dor. (*Boyet.*)

Bel exemplaire de la bibliothèque de M. L. Double.

59. Erreurs amoureuses, augmentées d'une tierce
partie, plus un livre de vers lyriques (par Pontus
de Thyard). *A Lyon, par Jean de Tournes,* 1555,
in-8, portr. mar. r. fil. à froid, tr. dor. (*Duru.*)

Hauteur 143 mill.

60. Opuscules du Trauerseur des voyes perilleuses.
Nouuellement par lui reueuz, amendez et cor-
rigez iouxte la derniere impression. Lepistre de
iustice a linstruction et honneur des ministres
d'icelle. Le chappellet des princes contenant cin-
quante rondeaulz et cinq ballades. Plusieurs chantz
royaulx, balades et rondeaulx. La deploration de
leglise militante sur les persecutions, laquelle dé-
teste guerre et incite les roys et princes a paix ;
nouuellement reueu, corrige et augmente par
ledit auteur (Jean Bouchet), et imprime nouuellement. *S. l. n. d.*, pet. in-4, goth. mar. br. fil.
ornem. sur les plats, tr. dor. (*Capé.*)

Bel exemplaire de cet ouvrage rare.

61. OEuvres de Louise Labé, Lionnoize, revues et corrigées par ladite dame. *A Lyon, par Jean de Tournes,* 1556, pet. in-8, v. mar. (*Aux armes du duc de la Vallière.*)

Exemplaire court de marges. Il a appartenu à Soleinne et à Cailhava.

62. OEuvres poétiques de Joachim du Bellay. *Paris, Ferd. Morel,* 1561-1565, 15 pièces en 1 vol. in-4, mar. r. fil. comp. dos orné, tr. dor. (*Capé.*)

Ce volume précieux renferme les pièces suivantes:
Les Regrets et autres œuvres poétiques, 1565. — Le premier livre des antiquités de Rome, 1562. — Divers jeux rustiques et autres œuvres poétiques, 1565. — Discours au roy sur la trêve de l'an 1555. — Hymne au roy sur la prinse de Calais. — Les Furies contre les infracteurs de foy, 1561. — Epithalame sur le mariage de très-illustre prince Philibert-Emmanuel, duc de Savoye, et très-illustre princesse Marguerite de France, 1561. — Entreprise du roy-dauphin pour le Tournoy, sous le nom du Chevalier adventureux. — Tumulus Henrici Secundi Gallorum regis christianiss. (en latin et en français), 1561. — Deux livres de l'Enéide de Virgile IV et VI (trad. en vers françois), 1561. — La Monomachie de David et de Goliath, ensemble plusieurs autres œuvres poétiques, 1561. — La Défense et Illustration de la langue françoise, 1561. — L'Olive et autres œuvres poétiques, 1561. — Recueil de poésies, présenté à très-illustre princesse madame Marguerite, sœur unique du roy, 1561. — Ode sur la naissance du petit duc de Beaumont, fils de monseigneur de Vendosme, roy de Navarre, 1561. — Discours au roy contenant une brefve et salutaire instruction pour bien et heureusement régner, 1566. — Elégie sur le trépas de J. du Bellay, Angevin, par G. Aubert de Poictiers, 1561.
Ce recueil contient toutes les poésies de J. du Bellay, imprimées séparément et la plupart en éditions originales. Il est extrèmement difficile de réunir toutes ces pièces. Superbe exemplaire provenant des ventes GIRAUD, SOLAR et ODIOT.

63. RECUEIL DE POÉSIES, présenté à Madame Marguerite, sœur unique du roy, par J. D. B. A. (Joachim du Bellay, Angevin). *Paris, Fréd. Morel,* 1561, in-4, mar. bl. doublé de mar. orange, ornements sur les plats, tr. dor. (*Chambolle-Duru.*)

Très-bel exemplaire.

64. LES OEUVRES POÉTIQUES d'Amadis Jamyn. *Paris, pour Robert le Mangnier,* 1575, in-4, mar. bl. tr. dor. (*Trautz-Bauzonnet.*)

Titre remonté.

65. IMPORTUNITÉ (l') et malheur de noz ans, par M. B. Bailly. *A Troyes, de l'imprimerie de Claude*

Garnier, s. d. (1576), in-8, mar. r. fil. à froid, tr. dor. (*Capé.*)

Recueil de poésies FORT RARE.

66. LES PREMIÈRES OEUVRES DE PHILIPPE DES PORTES, reveües, corrigées et augmentées. *Paris, Mamert Patisson,* 1579, in-4, mar. r. tr. dor. (*David.*)

Bel exemplaire réglé.

67. Les OEuvres de Philippe Desportes, abbé de Thiron. *Rouen, de l'imprimerie de Raphael du Petit-Val,* 1611, in-12, tit. gr. mar. r. fil tr. dor. (*Duru.*)

68. Les Mimes, enseignements et proverbes de Jan-Antoine de Baïf. *Paris, Mamert Patisson,* 1581, pet. in-8, mar. bl. tr. dor.

Cette édition ne renferme que les deux premiers livres.

69. OEuvres complètes de Malherbe, recueillies et annotées par M. L. Lalanne. *Paris, L. Hachette,* 1862-1869, 5 vol. in-8, et album in-4, demi-rel. mar. vert foncé, tête dor. non rog.

70. LES TRAGIQUES, ci-devant donnez au public par le larcin de Prométhée, et depuis avouez et enrichis par le sieur d'Aubigné. *S. l. n. d., de l'impr. particulière de d'Aubigné, dirigée par L. Moussat* (vers 1620), in-8, mar. r. tr. dor. (*Capé.*)

Édition rare.

71. Les OEuvres poétiques du R. P. Martial de Brives, capucin, augmentées de nouveau et recueillies par le sieur Dupuis. *Lyon, Alexandre Fumeux,* 1655, in-4, mar. bl. fil. tr. dor. (*Belz-Niedrée.*)

Très-bel exemplaire de ce volume rare.

72. LES OEUVRES DE BOILEAU avec des éclaircissements historiques donnés par lui-même. *La Haye,*

1722, 4 vol. in-12, fig. de B. Picart, mar. r. fil. tr. dor. (*Belz-Niédrée.*)

Bel exemplaire de cette édition recherchée.

73. OEUVRES DE BOILEAU, avec un nouveau commentaire par Amar. *Paris, Lefebvre*, 1821, 4 vol. in-8, pap. vélin, portr. et fig. de Desenne avant la lettre, mar. bl. fil. tr. dor. (*Simier.*)

Très-bel exemplaire.

74. Fables de la Fontaine. *Paris, de l'imprimerie de Didot l'aîné*, 1781, 2 vol. in-18, portr. et grav. mar. orange, fil. tr. dor. (*Hardy.*)

Exemplaire en papier vélin, relié sur brochure.

75. Contes de M. de la Fontaine. *Amsterdam, Henri Desbordes*, 1685, 2 t. en 1 vol. in-12, fig. de Romain de Hooghe, mar. r. comp. tr. dor.

Exemplaire grand de marges, de la première édition sous cette date. Titre doublé. Petite piqûre de vers dans la marge des premiers feuillets.

76. LETTRE EN VERS sur les mariages de Mlle de Rohan avec M. de Chabot, de Mlle de Rambouillet avec M. de Montausier, et de Mlle de Brissac avec M. Sabatier, 1645. *Paris, Aubry*, 1862, in-8, mar. bl. tr. dor. (*Chambolle-Duru.*)

Exemplaire sur PEAU DE VÉLIN.

77. POÉSIES D'ANNE DE ROHAN-SOUBISE et Lettres d'Eléonore de Rohan-Montbazon, abbesse de Caen et de Malnoue, publiées pour la première fois avec notes et introduction. *Paris, Aubry*, 1862, in-8, mar. r. fil. tr. dor. (*Chambolle-Duru.*)

Exemplaire sur PEAU DE VÉLIN.

78. LA RELIURE, poëme didactique en six chants, par Lesné, relieur à Paris, seconde édition, dédiée aux amateurs de la reliure. *Paris*, 1827, gr. in-8, pap. vél. mar. br. mosaïque de mar. noir, à comp. doublé de mar. vert, fil. comp. tr. dor. (*Capé.*)

Cet exemplaire est celui que CAPÉ avait arrangé pour lui en y ajoutant 1° *Prospectus de l'édition*; 2° *Chant national, par Lesné*; 3° Pièce de vers à la gloire immortelle de l'imprimerie.

79. La Comédie de la mort, par Théophile Gautier. *Paris, Desessart,* 1838, gr. in-8, front. gr. mar. olive, fil. tr. dor. (*Cuzin.*)

ÉDITION ORIGINALE, très-rare. — Bel exemplaire.

80. CHANTS et chansons populaires de la France. *Paris, Delloye,* 1843, 3 vol. gr. in-8, fig. demi-rel. v.

Livre recherché, orné de belles illustrations, d'après les dessins de Meissonier, Daubigny, Trimolet, Steinheil, Boilly, Stael, E. de Beaumont etc., etc.

———————

81. IL PETRARCA. (In fine :) *Impresso in Venegia, nelle case delli eredi d'Aldo,* 1533, in-8, mar. br. tr. dor. (*Hardy.*)

Bel exemplaire très-grand de marges.

82. ORLANDO INNAMORATO composto già dal signor Matteo Maria Boiardo, et rifatto tutto di nuovo da M. Francesco Berni. *Stampato in Milano, nelle case di Andrea Calvo,* 1542, in-4, mar. br. doublé de mar. r. dor. à la fanfare, tr. dor. (*Hardy.*)

Édition très-rare, elle se compose de 264 ff. Chef-d'œuvre de reliure.

III. THÉATRE.

83. Recueil de farces, moralités et sermons joyeux, publié d'après le manuscrit de la Bibliothèque royale, par Le Roux de Lincy et Francisque Michel. *Paris, J. Techener,* 1837, 4 vol. in-12, demi-rel. dos et coins de mar. br. fil. à froid, non rog.

Tiré à 76 exemplaires.

84. CORNEILLE. Mélite, ou les Fausses Lettres, pièce comique. *Paris, François Targa,* 1633. — La Galerie du Palais, ou l'Amie rivale, comédie. *Paris, François Targa,* 1637. — La Suivante, comédie. *Paris, François Targa,* 1637. — La Place Royale, ou l'Amoureux extravagant, comédie. *Paris, Augustin Courbé,* 1637. — L'Illusion comique, co-

médie. *Fr. Targa*, 1639 ; 5 pièces en 1 vol. in-4,
mar. r. (*Duru.*)

Éditions originales de ces cinq pièces. Exemplaire court de marges, et in-
complet des ff. préliminaires de *la Suivante.*

85. MÉDÉE, tragédie (par P. Corneille). *Paris, Fr.
Targa*, 1639, in-4, mar. r. tr. dor. (*Duru.*)

ÉDITION ORIGINALE.

86. LA MORT DE POMPÉE, tragédie, par P. Corneille.
Paris, Ant. de Sommaville, 1644, in-4, fig. dos
et coins de mar. r.

ÉDITION ORIGINALE. — Exemplaire trop rogné.

87. THÉODORE, vierge et martyre, tragédie chrétienne
(par P. Corneille). *Rouen et Paris, Toussainct Qui-
net*, 1646, in-4, mar. r. tr. dor. (*Duru.*)

Bel exemplaire de l'édition originale.

88. RODOGUNE, princesse des Parthes, tragédie, par
P. Corneille. *A Rouen et Paris, Toussainct Qui-
net*, 1647, in-4, mar. r. tr. dor. (*Duru.*)

Bel exemplaire de l'édition originale.

89. OEuvres de P. Corneille, nouvelle édition, revue
sur les plus anciennes impressions, et augmentée
de morceaux inédits, des variantes, des notices,
par Ch. Marty-Laveaux. *Paris, L. Hachette*, 1862-
1868, 12 vol. in-8, demi-rel. mar. viol. tr. dor.
n. rog.

90. OEUVRES DE RACINE. *A Paris, Claude Barbin*,
1676, 2 vol. in-12, mar. bl. doublé de mar. larges
dent. tr. dor. (*Chambolle-Duru.*)

PREMIÈRE ÉDITION collective des neuf pièces de Racine représentées
jusqu'alors. — Exemplaire très-grand de marges, le titre du tome second
manque.

91. BAJAZET, tragédie, par Racine. *Se vend pour
l'auteur, à Paris, chez Pierre Le Monnier*, 1672,
in-12, mar. r. fil. comp. tr. dor. (*Capé.*)

ÉDITION ORIGINALE. — Exemplaire grand de marges, lavé.

92. Mithridate, tragédie, par M. Racine. *Paris, chez Claude Barbin*, 1673, in-12, mar. vert, fil. tr. dor. (*Capé.*)

Édition publiée la même année que l'édition originale.

93. Phèdre et Hyppolyte, tragédie, par M. Racine. *Suivant la copye imprimée à Paris*, 1677, pet. in-12, mar. r. tr. dor. (*Belz-Niedrée.*)

Édition publiée par les Elzévirs. — Bel exemplaire.

94. Esther, tragédie tirée de l'Écriture sainte, par J. Racine. *Paris, Claude Barbin*, 1689, in-12, mar. r. tr. dor. (*Belz-Niedrée.*)

Exemplaire grand de marges de l'Édition originale. La gravure manque.

95. Athalie, tragédie tirée de l'Écriture sainte, par Racine. *Paris, Denys Thierry*, 1691, in-4, fig., v. br.

Édition originale. Notes manuscrites sur l'un des feuillets.

96. OEuvres de J. Racine, nouvelle édition, revue sur les plus anciennes impressions et augmentée de morceaux inédits, des variantes, de notices, notes, etc., par P. Mesnard. *Paris, L. Hachette*, 1865-1873, 8 vol. in-8, plus 2 albums de portraits et fac-simile, et la musique des chœurs. — Ens. 10 vol. demi-rel. dos et coins de mar. bleu, fil. tête dor. non rog.

97. OEuvres de Molière, nouvelle édition. *Paris, chez la veuve David*, 1768, 8 vol. in-12, fig. mar. r. fil, tr. dor. (*David.*)

Bel exemplaire. Réduction des figures de Boucher.

98. Les Soupirs de Sifroi, ou l'Innocence reconnue, tragédie, par P. Corneille de Blessebois. *Châtillon-sur-Seine, P. Laymeré*, 1675, in-8, mar. bl. tr. dor. (*Chambolle-Duru.*)

Ouvrage rare dont le sujet est l'histoire de Geneviève de Brabant.

IV. ROMANS.

99. L'Histoire æthiopique de Heliodorus, contenant dix livres, traitant des loyales et pudiques
amours de Théagènes, Thessalien, et Chariclea,
Æthiopienne, traduite de grec en françois, et de
nouveau reveue et corrigée sur un ancien exemplaire à la main, par le translateur, où est déclaré au vray qui en a été le premier autheur,
par Jacques Amyot. *Paris, Estienne Groulleau,*
1559, in-fol. mar. r. fil. tr. dor. (*Lortic.*)

Bel exemplaire réglé. Cette édition renferme la traduction d'Amyot la plus
complète et a servi aux réimpressions subséquentes.

100. Les excellentes, magnifiques et triumphantes
croniques de tres louables et moult vertueux faictz
de la saincte hystoire de bible du tres preux et valeureux prince Judas Machabeus, ung des neuf
preux, tres vaillant juif. Et aussi de ses quatre
frères... filz du bienheureux prince et grand pontif
Mathias... Ce présent volume contenant les deux
livres des Machabée, nouvellement translaté de
latin en françois. (Au recto du dernier feuillet :)
*Imprimé à Paris, pour Anthoine Bonnere, imprimeur, demorāt en la rue Sainct Jehan de Beaulvais,
à lenseigne de sainct Martin.., et accomply au
mois daoust. Lan de salut mil cinq cens et œiiii.*
Pet. in-fol. goth. à longues lig. fig. sur bois, mar.
vert, fil. comp. tr. dor.

Première Édition. Le feuillet préliminaire manque.

101. Le premier et le second volume de la Toison
d'or composé par reuerend pere en Dieu Guilllaume (Fillastre). *Imprime a Paris Lan mil cinq
cens et dix sept par Anthoine Bonnemere. Le
dixiesme jour de Decembre, pour Françoys Regnault marchand libraire demourant en la dicte
ville en la rue Sainct Jacques a lenseigne Sainct
Claude aupres de sainct Yues,* 2 tomes en un vol.

in-fol. goth. à 2 col. fig. sur bois, v. marbr. fil.
tr. dor.

Bel exemplaire. Seconde édition.

102. Tres plaisante et recreative Hystoire du tres
preulx et vaillant chevallier PERCEVAL LE GALLOYS,
jadis chevallier de la Table ronde. Leql acheva les
advētures du sainct Graal. Avec aulchuns faictz
belliqueulx du noble chevallier Gauvain et aultres
chevalliers estans au temps du noble Roy Arthus,
non auparavant imprimé... avec privilege. On les
vend au pallais à Paris, en la boutique de Jehan
Longis, Jehan Sainct-Denis et Galliot du Pré,
marchands libraires. (A la deuxième col. du dernier feuillet :) *Fin du Roman et Hystoire du preux
et vaillant chevallier Perceval le Galloys... Le tout
nouvellement imprimé à Paris pour honestes personnes Jehan Sainct-Denis et Jehan Longis mar-
chans libraires, demeurans au dict lieu. Et fut
achevé de imprimer le premier jour de septembre,
lan mil cinq cens trente,* pet. in-fol. goth. à 2 col.
fig. sur bois, maroquin r. doublé de maroquin
olive, dent. fil. tr. dor. (*Simier.*)

Exemplaire de YÉMÉNIZ. Ce roman est très-rare et d'autant plus recherché qu'il n'y en a pas d'autres éditions. — Exemplaire bien conservé, mais
dont le titre est refait en partie.

103. L'HYSTOIRE TRES RECREATIVE traictant des faictz
et gestes du noble et vaillant chevalier Theseus
de Coulogne, par sa prouesse empereur de Rome,
et aussi de son filz Gadifer, empereur de Grèce,
pareillement des trois enfants de Gadifer, etc. (A
la fin :) *Nouvellement imprimé à Paris pour Jean
Bonfons, s. d.,* in-4 goth. fig. sur bois, mar. r.
fil. à comp. tr. dor. (*Closs.*)

Exemplaire grand de marges.

104. HISTOIRE MERVEILLEUSE et notable de trois
excellents et très renommez filz de roys, à sçauoir
de France, d'Angleterre et d'Ecosse, qui firent,
estans ieunes, de grādes prouësses et obtindrent

victoires signalées, pour la manutention et defence de la foy chretienne, au secours du roy de Sicile. *A Lyon, par Benoist Rigaud,* 1579, in-8, v. f. fil.

Roman de chevalerie. Bel exemplaire.

105. Les OEuvres de M. François Rabelais. *S. l.* (*à la Sphère*), 1663, 2 vol. pet. in-12, mar. r. fil. tr. dor. (*Brany.*)

Bel exemplaire.

106. LES OEUVRES DE Me FRANÇOIS RABELAIS, docteur en médecine, contenant cinq livres de la vie, faicts et dits héroïques de Gargantua, et de son fils Pantagruel, plus, la prognostication Pantagrueline, avec l'oracle de la dive Bacbuc, et le mot de la bouteille, augmenté des navigations en l'Isle sonante, l'Isle des Apedeftes. La Cresme philosophale, avec une épistre Limosine, et deux autres épistres à deux vieilles de différentes mœurs, le tout par Me François Rabelais. *Lyon, Jean Martin,* 1558, in-8, portr. mar. bl. tr. dor. (*Duru.*)

Bel exemplaire. Cette édition est postérieure à 1600.

107. LES CONTROUERSSES DES SEXES masculin et femenin (par Gratian du Pont, seigneur de Drusac), auecq priuilege du roi. (A la fin :) *Tholose, Jacques Colomies,* 1534, pet. in-fol. goth. à longues lig. fig. sur bois, mar. cit. fil. tr. d. (*Bauzonnet.*)

Livre rare et curieux. Voir la description qu'en donne Brunet, t. II, col. 251.

108. LES ANGOYSSES DOULOUREUSES qui procedent d'amours, composées par dame Helisenne. *On les vend à Paris, en la grant salle du Palays, par Pierre Hermier,* 1541, 3 tomes en un vol. in-8, fig. sur bois, mar. orange, fil. tr. dor. (*Belz-Niedrée.*)

Édition en lettres rondes, où se trouve *la narration faite par Quezinstra.*

109. Les Nouvelles de Marguerite, reine de Navarre. *Berne,* 1780-1781, 3 vol. in-8, figures de Freudenberg, v. rac.

Bonnes épreuves, légère mouillure au tome 1er.

110. Le Printemps d'Yver, contenant cinq histoires, discourues par cinq journées, en une noble compagnie, au château du Printemps, par Jacques Yver, seigneur de Plaisance et de la Bigottrie, gentilhomme poictevin. *Rouen, Nicolas Angot,* 1618, in-12, mar. orange, fil. tr. dor. (*Chambolle-Duru.*)

Bel exemplaire.

111. Histoire de Gil Blas de Santillane, par Lesage. *Paris, par les Libraires associés,* 1747, 4 vol. in-12, fig. mar. bl. fil. tr. dor. (*Capé.*)

Très-bel exemplaire.

112. Les OEuvres complètes de Balzac. *Paris, Mich. Lévy fr.* 1869-1873, 23 vol. in-8, demi-rel. mar. vert foncé, tr. jasp.

— — —

113. Il Decamerone di messer Giovanni Bocccacio, cittadino fiorentino. *Amsterdamo (à la Sphère),* 1665, in-12, mar. citr. fil. comp. tr. dor. (*Capé.*)

Trés-bel exemplaire. Hauteur : 144 mill.

114. Novelas exemplares de Miguel de Cervantes Saavedra *En Pamplona, por Nicolas de Acsiayn,* 1614, in-8, mar. r. tr. dor. (*Chambolle-Duru.*)

Très-bel exemplaire de la troisième édition de cet ouvrage; édition aussi rare que les deux premières.

115. Voyages de Gulliver (traduits de l'anglois, de Swift, par l'abbé Desfontaines.) *Paris, Guérin,* 1727, 2 tom. en 1 vol. in-12., fig. mar. bl. fil. tr. dor. (*Thibaron-Echaubard.*)

Édition originale de la traduction de ce roman. — Bel exemplaire.

116. Les Souffrances du jeune Werther, par Goëthe, traduites par le comte Henri de la B... (de la

Bédoyère). *Paris,* 1865, in-8, gravures de T. Johannot, mar. bl. fil. tr. dor. (*Belz-Niedrée.*)

Exemplaire en PAPIER DE HOLLANDE.

V. ÉPISTOLAIRES ET POLYGRAPHES.

117. Lettres de Marie de Rabutin-Chantal, marquise de Sévigné, à sa fille et à ses amis, édition revue et publiée, par M. U. Silvestre de Sacy. *Paris, J. Techener,* 1861, 11 vol. in-12, portraits demi-rel. dos et coins de mar. vert foncé, fleurons, tête dorée, n. rog.

118. LETTRES DE MADAME DE SÉVIGNÉ, de sa famille et de ses amis, recueillies et annotées par M. Monmerqué; nouv. édit. revue sur les autographes et les plus anciennes impressions. *Paris,* 1862, 14 tomes reliés en 15 vol. in-8, dos et coins de mar. dor. en tête, n. rog.

------

119. COLLECTIO AUCTORUM LATINORUM. *Parisiis, Barbou et Coustelier,* 1757 à 1790, 70 vol. in-12, reliés en vélin blanc, fil. tr. dor. dos rond et doré à la Padeloup. (*Trautz-Bauzonnet.*)

MAGNIFIQUE EXEMPLAIRE relié sur brochure. L'Imitation de Jésus-Christ s'y trouve, texte et traduction; collection fort estimée et très-rarement complète.

120. LES OEUVRES COMPLÈTES DE VOLTAIRE (publiées par Beaumarchais). *De l'imprimerie de la Société littéraire typographique (Kehl),* 1785, 72 vol. gr. in-8, mar. rouge, fil. tr. dor.

Exemplaire en GRAND PAPIER VÉLIN avec les deux suites de Moreau, belles épreuves.

HISTOIRE.

—

121. PORTULAN DE LA MÉDITERRANÉE, in-fol. SUR VÉLIN.

Cinq feuilles collées sur carton: elles ont été dessinées par Roussin, à Toulon, en 1672, et exécutées avec beaucoup de soin.

122. LA DESCRIPTION GÉOGRAPHIQUE des provinces et villes plus fameuses de l'Inde orientale, mœurs, loix et coutumes des habitants d'icelles, mesmement de ce qui est soubz la domination du grand Cham, empereur des Tartares, par Marc Paule, gentilhomme vénitien, et nouvellement réduict en vulgaire françois. *Paris, par Estienne Groulleau,* 1556, in-4, mar. r. fil. tr. dor. (*Hardy.*)

Bel exemplaire d'un livre rare.

———

123. CHRONICORUM LIBER (Auct. Hartman Schedel). — *Hunc librum.... Anthonius Koberger Nuremberge impressit.... anno....* 1493, in-fol. goth. relié en peau de truie.

Ce livre est très-remarquable à cause des belles gravures sur bois dont il est orné et qui sont au nombre de plus de 2000. — Très-bel exemplaire parfaitement complet et conforme à la description qu'en donne Brunet.

124. Flavius Josephus. Hoochgeroemde Joodsche historien ende boecken noch Egesippus vande ellendige verstoringe der stadt Jerusalem, van Nieus vertaelt en overgeset door L. V. Bos. *Tot Dordrecht,* 1665, in-fol. fig. mar. r. ornements sur les plats, tr. dor. (*Anc. rel.*)

Riche reliure hollandaise.

125. VALÈRE LE GRANT, translate de latin en françoys, contenant neuf liures traictant des vertueuses œuvres non-seulement des Romains, mais aussi de gens destrange nacion, comme de Grecz, de gens Dorient et Doccident, et aultres parties de la terre. *On les vend à Paris, par Philippe Le Noir, marchant libraire et relieur, s. d.*, in-fol. goth., fig. sur bois, v. marb. dent. tr. dor.

Bel exemplaire.

126. Titi Livii Decades... *Mediolani, Uld. Sinzenzeler, impensis Alex. Minutiani, 25 maii 1495*, in-fol. mar. br. tr. dor. (*Belz-Niedrée.*)

Bel exemplaire de cette édition rare.

127. La Conjuracion de Catilina y la guerra de Jugurta por Cayo Sallustio Crispo. *Madrid, Joachin Ibarra, 1772*, in-4, mar. r. dent. tr. dor. (*Rel. anc.*)

128. Les OEuvres de Tacitus... nouvellement mises en françois. *Paris, Abel l'Angelier, 1582*, gr. in-fol. mar. br. tr. dor. (*Anc. rel.*)

Exemplaire aux armes de Henri III, Roy de France et de Pologne.— Il est en grand papier, mais avec des mouillures.

129. Compendium, sive breviarium primi voluminis annalium, sive historiarum, de origine rerum et gentis Francorum.... Joannis Tritemii (auctore Francisco Morin). (A la fin :) *Impressum et completum est presens chronicarum opus anno dñi 1515, in Vigilia Margaretæ uirginis, in nobili famosaq. urbe Meguntina....per Joannem Schöffer...* petit in-fol. fig. sur bois, caract. semi-goth. mar. r. fil. comp. tr. dor. (*Hardy.*)

Bel exemplaire de ce volume rare.

130. Epitome des gestes des cinquante-huict roys de France, depuis Pharamond jusques au present tres-chrestien Françoys de Valois. *Lyon, par Balthazard Arnoulet, 1546*, pet. in-4, mar. r. fil. tr. dor. (*Hardy.*)

Volume rare, renfermant les portraits des rois de France gravés sur cuivre par Cl. Corneille.

131. Chronique abrégée, ou recueil des faits, gestes et vies illustres des roys de France; contenant les choses plus mémorables advenues de leur temps : commençant à Pharamond premier Roy, jusques à Charles neufième à présent régnant, avec l'effigie de chacun roy, représentée au plus près du naturel. *Paris, chez Simon Calvarin,* 1572, pet. in-8, portr. sur bois, mar. br. fil. comp. tr. dor. (*Capé.*)

Bel exemplaire.

132. Les Lettres de messire Paul de Foix, archevesque de Tholose et ambassadeur pour le roy auprés du Pape Grégoire XIII, escrites au roy Henry III. *Paris, Charles Chapellin,* 1628, pet. in-4, mar. r. tr. dor. (*Duru-Chambolle.*)

Très-bel exemplaire de ce volume rare.

133. Satyre Ménippée de la vertu du Catholicon d'Espagne, et de la tenue des estats de Paris, augmentée du supplément du Catholicon de Jean de Lagny. *S. l.,* 1599, in-12, fig. s. bois, mar. v. tr. dor.

Bel exemplaire.

134. Labyrinthe royal de l'Hercule gaulois triomphant sur le suject des fortunes, batailles, victoires etc. Henri III, roy de France et de Navarre, représenté à l'entrée triomphante de la royne en la cité d'Avignon, le 19 novembre, l'an 1600 (par André Valladier). *Avignon, chez Jacques Bramereau, s. d.,* in-4, gravures et portraits, v. gr. fil. tr. dor.

Bel exemplaire.

135. Mémoires de la reyne Marguerite. *A Goude, imprimez chez Guillaume de Hoeve,* 1649, pet. in-12, mar. bl. ornem. sur les plats, tr. dor.

136. Relation de ce qui s'est fait et passé à l'arrivée et durant le séjour de Louis XIV dans la ville d'Avignon depuis le 19 mars jusqu'au 1er avril

1660. *Avignon*, 1660, in-4, mar. r. tr. dor. (*Belz-Niedrée.*)

Bel exemplaire.

137. VÉRITABLE DISCOVRS de la naissance et de la vie de monseigneur le prince de Condé, jusqu'à présent, à lui desdié par le sieur de Fiefbrun, publié d'après le manuscrit de la Bibliothèque impériale, par E. Halphen. *Paris*, *Aubry*, 1861, in-8, mar. bl. fil. n. rogn. (*Chambolle-Duru.*)

Exemplaire sur peau de vélin.

138. LETTRES PATENTES du Roi sur les décrets de l'assemblée du 26 décembre 1789 au 26 juillet 1790, in-4, demi-rel.

Recueil de 56 pièces originales sur PEAU DE VÉLIN, signées par LOUIS XVI et contre-signées : LA TOUR DU PIN.

139. Histoire générale de Paris, publiée par le baron Haussmann. *Paris*, *Imprimerie impériale*, 1860-1870, 10 vol. in-4, cart.

Introduction. — Topographie, 2 vol. — Plan de Paris en 1380. — La Seine, 2 vol. et atlas. — Le Cabinet des manuscrits, tome 1er. — Les Anciennes Bibliothèques de Paris, tome 1er. — Paris et ses historiens.

140. LES GRANDES ANNALES ou Croniques parlans tant de la Grande-Bretaigne que de nostre Petite-Bretaigne.... rédigées par escript (par Alain Bouchard). (A la fin:) *Cy finissent les corectes et additionnées Annales ou Chronicques de Bretaigne, nouvellement reveues et corrigées, avec plusieurs adjoustemens. Et ont esté achevées de imprimer le neufiesme jour de juillet mil cinq cens quarante et ung*, in-fol. goth. à 2 col. fig. sur bois, v. f.

Édition rare. — Exemplaire avec quelques petites taches et cassures à divers feuillets.

---

141. RODERICI SANTII (DE AREVALO). Incipit compendiosa historia hispanica..... (A la fin :) *Ego Udalricus Gallus sine calamo aut pennis eundem librum impressi*, s. l. n. d. (vers 1470). Petit in-

fol. lettres rondes, mar. viol. doublé de mar. r.
fil. comp. dent. fil. tr. dor.

Bel exemplaire de cette édition rare.

142. LE TRIOMPHE D'ANVERS. La tres admirable, tres
magnifique et tres triomphante entrée du tres
hault et tres puissant prince Philipes, prince d'Es-
paignes, en la tres renommée florissante ville d'Anvers, *anno* 1549. *Imprimé à Anvers pour Pierre
Cœck d'Allost, libraire juré*, 1550, pet. in-fol. figures, parch.

Bel exemplaire d'un livre rare.

143. L'Ungheria compendiata dal sig. conte Ercole
Scala, nella quale cadono scolpite all' oculare
inspettione le Citta e Fortezze piu rimarcabili di
quel reguo, come pure descritta la serie d'ogni
suo regnante, insieme con le piu esatti preroga-
tive, che universalmente ne accompagnano il
paese, riti, e costumi di quei popoli. *In Modena*,
1685, in-4, fig. grav. à l'eau-forte, mar. r. fil. tr.
dor. (*Belz-Niedrée.*)

Bel exemplaire de ce volume très-rare.

ARCHÉOLOGIE. — BIBLIOGRAPHIE. — BIOGRAPHIE.

NOBLESSE.

144. FRAGMENTS de papyrus en 1 vol. in-fol. mar.
bl. fil. tr. dor.

Ces fragments précieux, au nombre de sept, sont parfaitement conservés
et collés sur des feuilles de papier blanc. En voici la description : 1° Deux
vignettes détachées d'un rituel funèraire écrit au nom de Hesiri-Sar, fils de
Hes-Ouer sa mère; 2° Autre partie du même rituel; 3° Fragment d'un rituel
en écriture hiératique; 4° Autre fragment du même rituel; 5° Autre fragment du même rituel; 6° Autre fragment du même rituel. 7° Autre fragment du même rituel.

145. MAITTAIRE (M.). — Annales typographici ab
artis inventæ origine ad annum MDLVII, opera
Mich. Maittaire A. M. (cum appendice ad annum
1664). *Hagæ Comitum, Vaillant*, 1719-41, 9 tomes
en 5 vol. in-4, fig. et portr.— Annalium typogra-
phicorum V. Cl. Mich. Maittaire supplementum.
Adornavit Michael Denis. *Viennæ*, 1789, 2 tomes
en 1 vol. Ensemble 11 tomes en 6 vol. in-4, v. f.
fil. tr. dor. (*Bradel.*)

Très-bel exemplaire de M. Giraud.

146. NOUVELLE BIOGRAPHIE GÉNÉRALE depuis les
temps les plus reculés jusqu'à nos jours, avec les
renseignements bibliographiques, publiée par
MM. Firmin-Didot frères, sous la direction de M. le
Dʳ Hoefer. *Paris*, 1862, 46 vol. in-8, demi-rel.
mar. r.

147. La Vraye et parfaite Science des armoiries, ou
l'indice armorial de feu maistre Louvan Geliot,
augmenté par Pierre Palliot. *Dijon, chez Pierre
Palliot*, 1661, in-fol. fig. mar. r. fil. fleur de lis
aux coins, tr. dor. (*Belz-Niedrée.*)

Bel exemplaire.

148. ARMORIAL DES PRINCIPALES MAISONS et familles du
royaume, particulièrement de celles de Paris et
de l'Isle-de-France, par Dubuisson. *Paris,
Guérin et Delatour*, 1757, 2 vol. in-12, blasons,
v. ant. m.

Bel exemplaire.

149. NOBILIAIRE DE PICARDIE, contenant les généra-
lités d'Amiens, de Soissons et partie de l'élection
de Beauvais, par Haudiquer de Blancourt. *Paris*,
1695, in-4, mar. r. tr. dor. (*Petit.*)

Exemplaire bien complet. Titre remonté.

150. La Belgique héraldique, recueil historique,
chronologique et biographique complet de toutes
les maisons nobles reconnues de la Belgique, par

Ch. Poplimont. *Bruxelles*, 1863, 11 vol. in-8, demi-rel. mar. br. n. rog.

151. LITTA. Famiglie celebri italiane. *Milano,* 1819, et ann. suiv. 16 vol., in-fol. demi-rel. n. rogu. figures et armoiries en or et en couleurs.

Ouvrage d'une grande importance. Cet exemplaire, classé par ordre alphabétique, contient jusqu'à la famille Vitelli di Castello. Il n'y a point de titres.

FIN.

ORDRE DE LA VACATION.

Le lundi 27 décembre 1875.

N°ˢ 121 à 151.
1 à 120.

Il y aura exposition le dimanche 26 décembre de 2 à 4 heures.

CONDITIONS DE LA VENTE.

M. Adolphe Labitte, chargé de la vente, remplira les commissions des personnes qui ne pourraient y assister.

La vente se fait au comptant.

Les acquéreurs payeront 5 p. °/₀ en sus des enchères, applicables aux frais.

Les réclamations devront être faites, au plus tard, dans les vingt-quatre heures qui suivront la vente. Passé ce délai, les articles adjugés ne seront repris pour aucune cause.

Paris. — Typographie Georges Chamerot, rue des Saints-Pères, 19.

RED. :

20

graphicom

0 1 2 3 4 5 6 7 8 9 10

BIBLIOTHEQUE NATIONALE DE FRANCE

****

CHATEAU DE SABLE

1995